巨靈對你說話，你不能不聽？

繼續寫詩，「詩人」必須出現？

詩人的羞恥是什麼？詩的羞恥，又是什麼？

通過詩，我冒犯怎樣了怎樣的隱匿？

我所是的都是謊？

我們是不是能不寫一個字呢？

#詩#人#靈#恥#字#祕#恆#謊#身#空

我是載體，
物之靈或自然神，巫附於我，
我的眼睛光感變得更透，終於說出了，那幾乎是命令；
我的詩是我的詩，又不是我的詩。

圖片提供／胡家榮

胡家榮
黃以曦

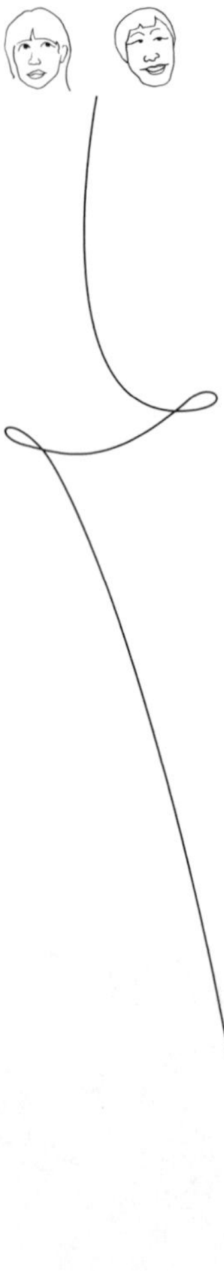

詩的通靈

以曦，在我們進入正題之前，我想跟妳聊聊很久以前的事。在我大二到大四期間所寫的詩，也就是後來的詩集《光上黑山》（逗點出版），許多人和我談論相似的問題：「這本詩集自成一體，單首詩不宜獨立看待」、「聽說這本詩集幾乎沒有改動，一氣呵成」。聽到這樣的說法很有趣，但事實並非如此。事實是：每一首詩在我的書寫過程中，我都將之視為完全獨立的個體；但因為它短，跟所謂「正統詩」的樣貌差距太大，或是關於「光」、「黑」、「山」的重複意象，被這樣理解也很自然。再者，我其實超愛改詩，更愛刪詩；以至於這本詩集的詩，我改了不下上百次。親近的人看我，不是強迫症，就是被虐狂。

當時我的詩是怎麼產生的呢？我同時上著中文系的課，各種東西都是我的媒介；而天真爛漫的青年，更曾經問了老師「詩的本質是什麼？」這樣的問題。老師一臉艱難的表情，說：但詩仍有肉身啊。是的，詩的肉身是字，藉著我的手寫出來。我想寫最純粹的詩，用字最少、詞彙最簡單；我想寫出單純的詩意，那是我認為的本質。那三年的時間十分規律，一周寫三四首、四五首，最後成為了我的第一本詩集。

而「詩的通靈」是？那時隱隱然覺得有什麼，現在回頭看，更加確定。有些詩是神祕的，那即是說：我也是載體，物之靈或自然神，巫附於我，我的眼睛光感變得更透，終於說出了，那幾乎是命令；我的詩是我的詩，又不是我的詩。我對它們無比熟識，卻又有一定程度的陌生。

還記得寫那首詩集最後的長詩〈前往那個洲〉，我完全放任掌舵權，心智隨一隻小舟進入熱帶雨林，我全然不知道會發生什麼事，這個洲從未開化；樹木巨大古老，身邊動物發出聲響，黑豹、綠森蚺、猴子、巨蜥、沼澤鱷、未命名的水果，和統治這地的虎王（她必須是王，不是后）：湖泊夫人。這趟旅程耗損了我巨大的能量，身體幾乎要死（這不是形容詞）。於是我知道了，我是未知事物的具象化者、蒙召者；若稱它們是意象，那三年我從來不缺，俯拾即是。

我常常琢磨著一個詞：「**靈感**」。這個詞已被用爛，但它的最初，指的不就是「受靈之感」嗎？「靈感」應是靈界的物事，怎麼被形容得像個聰明的點子？它不是社會的，更無關政治；它不是一道彩虹打動你，不是飛鳥經過打動你，不是海風，不是貓，不是看著菸在手指上燒盡，不是做愛後動物感傷，不是你坐在螢幕前苦思，不是有紀律的寫作；是巨靈對你說話，你不能不聽。

而祂隨時可能轉頭離去，一年，兩年，三年，五年，七年，你知道你已回轉為體質普通的正常人了。我們這類乩身寫作者，此時若非放下筆，否則就要開始學習：**如何寫詩**。

家榮，讀你所說的前往密林，那個蓊鬱盛大，那個殘殺式消耗，我想與你分享另個景象。

我想我是個能夠意識清明，且無法不過度清明的人。我能平行地層疊地籌算事物，我總是走一步之前就盡可能思考展開的可能性。開車路線如此、旅行進程如此、混雜的工作狀態如此。我不斷追求更細節、更精確、更有效率、更正確……，只為了，由此將絕大部分生活做出壓縮，清到線的那一邊。

可線的這邊是什麼呢？全然的空無。

我在空無裡度過漫長又漫長的時間，默唸著想一個意念與另一個意念擦出雷電，守候著什麼浮現，再守候關於它的看見。我專注地想，然後想我到底在想什麼；我嚴肅地等待，間雜著等待要懂得我到底在等什麼。

家榮，詩確實是有肉身的，但詩的肉身真是字嗎？

保持靜止。那些時候我一邊做著這樣的練習，在隨機的哪個千萬分之一秒裡，去抓取關於某**視象**（vision）之看到、記得與遺忘的瞬間（而此一「瞬間」並非前述之「千萬分之一秒」）。……由此看到，在這一瞬之前，與之後，存在及其構成，完全不同。

如此，則「那個」是什麼？

詩是否有不凋的形體，能超越思維的拼裝、修辭的魔術？如果通過我的分心，或刻意為之的亂想一通，它仍一模一樣站在那裡，它是否才是正式潛入這世界？

而當刻，無論我怎麼寫，無論我的筆稚拙或耽溺，我將不會錯寫一點點。

當家榮你說「**身體幾乎要死（這不是形容詞）**」，我是感傷的。非關當一個念頭切換過去，占據的各模樣的苦，而是，要死的，是詩之到來，之同一個身體。

「**巨靈對你說話，你不能不聽。**」你說。可我們真不能不聽嗎？我想。如果我不總是持續上綱這種頑強，也許我已經死了。這不是形容詞。——

一邊清空了人生去守候，我亦一邊勻出相當意志，以確保某種拒絕等待的餘裕。荒謬嗎？徒勞嗎？我無法不去**無限後退**（infinite regress）地，落敗又也是甘心地理解，這仍為了詩。就算一切我以為的我的詩，都是哪個更大的什麼早一步拿下全局地隨機地通過誰而一種顯現、一具肉身。

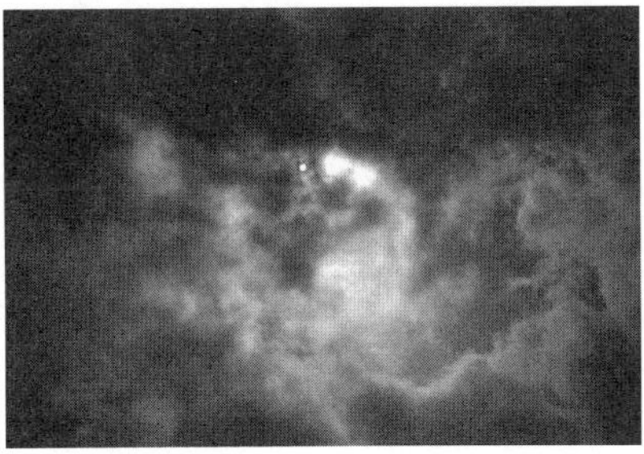

我在空無裡度過漫長又漫長的時間。
默唸著想一個意念與另一個意念擦出雷電，
守候著什麼浮現，再守候關於它的看見。

詩人的出現

以曦，剛剛我結在「如何寫詩」，那是因為在大學品質穩定的輸出下，上了研究所，竟突如其來遭逢了無前例的巨大困境。我們同學間私自叫它：「卡關」。像一個詛咒，幾乎所有人進來都「先」卡關了。而那時正是自認帶著萬全心理準備去讀創作的呀。光是花蓮那山和雲霧，都應該是寫作養料才對。研究生的單人宿舍歐式花園般圈出一塊區域，我喜歡那種造作，就連出來曬衣服也能聞到詩的氣味，而我卻寫不出詩的「文字」。

我覺得我的碩班某種程度是徒勞的，儘管有美好的課程，但我是來鍛鍊手藝的。我們學十四行詩、學Sestina、學Pastorale、讀論畫詩，並試寫，但一切都不理想，沒有任何感知，沒有看見任何光亮。作業交完就把它們藏在D槽深處，記下年月，代表曾經有過這樣的東西，它們盤根錯節，無從改起，是報廢物，是羞恥。

之前我們談「詩的通靈」，那「靈」離開我的時間以半年為單位在計算著，我每天呆坐電腦前，惶惶不安，越嘗試越失敗。偶爾，只要我讓自己再身陷虛無、再倒空自己一點點，它還是會不固定地造訪，每次都是一小段時間，或許一兩周，在這段時間內，大約能寫十首左右。極少的量。

我必須接受，只要有，就是好事。也並非一切都是壞的，其餘時間，我寫散文，亂寫小說（儘管我完全不是這塊料），甚至寫短劇本。結果碩三莫名得了憂鬱症，要我求死的鬼靈又纏上了我，我又可以寫詩了，寫憂鬱的詩，但也只是一段較之前稍長的時間而已。正題呢？正題是：我不能再這樣寫詩。要繼續寫詩，「**詩人**」必須出現。

詩人的出現，在研究所畢業後幾年，一樣覺得生活空乏，無力也無趣，於是大膽找了幾個寫詩的學長，固定約一兩周一次，輪流訂題寫作並討論。我們（好像主要是我）會訂一些亂七八糟的題目，但當題目出現，意象竟然也出現；對我而言這是奇妙的，在「詩的通靈」中，命名是最後的事，且高比例的為第一句或是無題，彷彿題目並不重要；而一旦題目被訂死，所剩的選擇少，意象卻更清楚，不容易錯誤。

我必須謹慎地用力，我必須明白這是我個人的成敗，我得使出渾身解數，不能歸咎於神靈，那全是「**我**」技藝之展現。真是從這個極端走向那個極端。

如果用我一學長以日漫人物作比喻，將會是：二之宮知子《交響情人夢》裡不會看譜只靠記憶就能演奏的野田惠，變成了全能但一心想作指揮家的千秋王子；井上雄彥《浪人劍客》裡聾耳、無是非善惡之心的天才佐佐木小次郎，變成了同樣是天才卻仍在磨練劍技與心法的宮本武藏（小次郎每一次的揮劍，都只為了他自己的快樂，無關修練）；天生者變成了努力者。

我們一直聽到：詩是屬於年輕人的文類，像流星，亮麗，卻不持久；小說，小說可不同，小說越陳越香。難聽，卻有其道理。只有本來就是「詩人」的，可以一直寫下去；而如果一個天生者能夠一輩子保有天賦，詩人才能不需要出現。

家榮，你把這一則題目訂為「**詩人的出現**」，我在想，人們談的多是「詩的出現」對嗎？好像詩出現了，就有詩，詩成立了，就有詩人。但你要談「詩人的出現」。

什麼是出現？是從遠方而至的連續性的翩然到來嗎？還是自空無底驟然顯形的**突現**（emergence）？出現，而後抵達，接著要發生的，又是什麼呢？是附身，還是無法確認其停留長短的僅僅是穿越而過？若我們幾乎知道詩是什麼了，那什麼又是詩人呢？

家榮你曾有天突然給我個訊息，你問我，以曦妳寫一千字要多久呢？

寫一千字要多久呢？你的問題或者是有前後文的，你的訊息且是有脈絡的，但當我猛然看訊息，讀到「**妳寫一千字要多久呢？**」那一刻，其實我想立刻寫給你一萬十萬字，關於一千字之永不到來。

我常想，我總是在等待什麼，等著什麼的「出現」，將我擄獲，將我搗碎重組，將我吞噬又生了出來，藉我為一個介面一張物質，展現它自己。後來我想那樣的說法並不準確（微妙的是，這和前則談「詩的通靈」時的「**等待**」，又不真是那麼一樣）。

比起等待什麼，我更多是什麼都不做地在準備什麼。當光色有漸變我必須知道，當聲音響起又凝止我必須知道，當人走過然後再不會有人走過我必須知道，當時間過了我必須知道，當時間怎樣都過不了我必須知道。然後，終有此與彼刻，我知道那一刻所有事情。然後我寫下它。

如此，用你的話，這是天生者，還是努力者？這是「如果一個天生者能夠一輩子保有天賦，詩人才能不需要出現。」還是「本來就是『詩人』的，可以一直寫下去」？我也問我自己，我選擇的是寫還是不寫？我在這之中究竟能做多遠的選擇呢？

詩總是有它自己的衝動，它自己的夢，但無論那多美，你總是很快厭倦要依附那個作為一個人。所謂的詩人。終究你還是想寫自己的詩。所謂的詩人。是以當我們談這個題目時，我感覺到，半是嘲弄或不耐，亦有半是如朝向某個不可知的史詩的重大。

家榮你說「**我必須謹慎地用力，我必須明白這是我個人的成敗，我得使出渾身解數，不能歸咎於神靈，那全是『我』技藝之展現**」，然後你在另一則私下的訊息裡輕輕說著，「**我的寫作會消耗我，讓我狀況變差，所以平常沒事我盡量不寫**」，而它們當然是同一件事對嗎？詩人的出現，所以詩人不出現；詩人的出現，確認也弭平由詩人的不出現。

我必須知道。

終有此與彼刻，我知道那一刻所有的事情。

然後我寫下它。

詩及其羞恥

以曦，關於詩，關於**羞恥**，關於詩的羞恥，我正在想。後來多久的時間，我放任自己，沒有寫出一首詩；而是勞苦嘆息，嘆息我記憶力之消退，嘆息我正值壯年而老化得如此明顯，一個輕微的腰痛，幻化為自體免疫的僵直性脊椎炎，那樣的不可思議。

我還記得一次跟寫詩的好友喝酒，他是完全的窮愁潦倒——因為他不能工作，只能不定期接一些簡單的校對作業。他是我少數看過沒有疾病卻無法工作的人，而我卻能完全理解他的狀態，因我只比他好上一點：我間斷性地工作，做的是出賣勞力，不需要什麼專業就能學會的工作，比如書店或電影院。我還有藉口：我有躁鬱症（從純鬱症轉為躁鬱症），我有睡眠障礙，我是永遠的夜行性動物，因此只能做晚班，其他時間拿來睡覺（我是真心愛睡）。而他可沒這些藉口。他的羞恥，是一天一餐，是向妹妹借錢的時候，被妹妹問，是什麼哥哥會向妹妹借錢。喝酒的時候，他說，一個人在世上若沒有不工作的選項，是毫無尊嚴的。我們在說那最有尊嚴的瑞士，政府提出不工作一個月也有八萬元台幣可領，公投竟然沒過。我想我們在羞恥這方面，體驗也許更深吧。畢竟人們看妳聊電影，一片漆黑的場域，聚光燈就打在妳身上。

我的這位好友，他是最純粹的詩人，他不在意出版他的詩集，不在意有讀者；他追求的就是詩歌本身，而我大概是少數能進入他作品的人。這樣的他，對於詩，羞恥嗎？不。詩人的羞恥是，他不再能寫詩，卻也沒有比寫詩更重要的事可做，就這麼活著；半夜醒來的那種空虛，可以輕易吞吃掉他。

詩的羞恥是：一些年紀輕輕就功成名就的詩人，因其名大，縱使他們隨著時間推移，已慢慢維持不了品質，卻仍寫著質地很差的詩，為名為利，為其無價值的尊嚴，自欺且欺人，一再出版、再刷；他們很明白，三四刷、甚至十幾刷都不是什麼問題。而若他們只是不自覺於己身的滑落，還以為自己仍然高聳偉大，那只能更可悲。

詩的羞恥是，你不再把它看為神聖不可侵犯；你隨時都可以感受到世界的輕蔑眼神（無工作專業，低薪，詩不一定寫得出來；寫得出來不一定寫得好；寫得好不一定能被出版；被出版不一定賣得完……），而你理所當然地無地自容。

但是當你寫下第一個字的時候閃電落下，榮光滿面，你就是蠻荒之地的主，你要無比自信，你每踏一步就帶來地震；詩神的獻祭若要你的血，你就要敢割。你是要全心擺上燔祭、素祭、平安祭、贖罪祭和贖愆祭（註一），仔細選對祭物，再三檢查牠們是否潔淨。

繁華世界不是我們的路，這不也就是我們一開始選擇的嗎？

有人說：不能靠寫作養活自己的，不配稱為作家；那我就甘心樂意地承認：我不是作家。有人說：不能一邊有個正職工作一邊寫作的人，不配稱為作家；那我也甘心樂意地承認：我不是作家。有人說：只出一本書的人，不配稱為作家；那我照樣承認，我不是作家。

詩從未讓我羞恥，我只擔心，我讓詩羞恥。

家榮，羞恥，你說。我回想到許多年前，我在毫無防備情況下讀了奈波爾的《抵達之謎》，在一處，然後是另一處，越來越清晰，我讀到主人翁對自己作為一個寫作者之存在的羞恥。我棄書逃離。不誇張，要到十年後，才重新翻開。以及，在那之後幾年，我讀柯慈的《少年時》，如此場景重現。書裡，只是些小小過場，主人翁懷著關於詩人之當刻與終極期許，隱身日常，懷著被揭發的恐懼，任何生活中最微小變動，也讓他質疑一切俱起因於詩的夢或妄想。

讀這些篇章時，我有種衝動，回頭看看附近有沒有人。因為那亦是我深鎖的祕密，當我在書頁聽聞它被毫末壓低聲量地一句一段唱出，來不及為那份共感激動，首先怕有人也要聽到。那樣的驚慌。

他們也穿越家榮你故事裡類同的情節嗎？而我也是嗎？詩及其似乎無法切割開來的羞赧，長久令我痛苦。我很想破解，寫詩、愛智、對美的暈眩迷惘，到底為什麼那麼令人羞赧，直到可恥？

很長的日子裡，我認為那是因為他人對此的質疑或訕笑，如你說的。是作為創作者於他們而言的毫無生產力、無所事事，是不可量化因此無從判斷價值（價格）也就是毫無價值（價格）以及由此而來的貧窮難堪，我甚至覺得我曾一次又一次在親熟的人們眼裡看到「妳怎麼淪落至此？」的眼神。我不真的記得，但我又想這只是選擇性失憶……。然後我再為我的羞恥而羞恥，像是我仍深層認同了那種唯一的價值選擇。

時間緩緩越走越遠，再尖利的東西，巨量疊起也將磨耗稜角，面對那些某種眼光、某句嘲弄、某個為難的場景，我變得遲鈍。但關於詩，關於藝術，的祕密，仍超越了時間磨損地依然纖細。我在想，對我來說，也許詩的羞恥，從來就更因為它自己。

通過詩，我冒犯怎樣了怎樣的隱匿？旋開哪扇該保持關閉的門？隨之射入或射出的強光，騷動，占有欲，浮上的見獵心喜、沾沾自喜，是這麼不應該，這麼猥褻。

每日在詩上頭的勞動，就像性，就是性。一個文明人可以像動物一樣耽溺嗎？又或者是，我只是頭動物，真能這樣僭越地撫愛地鑽探進什麼更高維的流動嗎？我是以詩為榮，還是以詩為恥？我是以我為榮，還是以我為恥？又或者，這個蜷曲、多孔、潮潤的幽微宇宙，只願意接納「羞恥」此一感性？像是如果你不把自己刪除清空，就不可能容受。像是如果你不被綁架進一種荒謬的懸止，就無法看見永恆。

「你將不再孤獨」；這是詩給你的應許。

詩及其所創造的

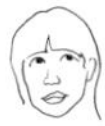

家榮，這些日子以來，與你寫信，我感到，你像水流那樣未有遲疑與分心地帶來種種如果可稱之詩的內部，或詩的外部的內部，的景觀，行段間有折射又折射返來的痛苦或漠然的「再也沒什麼好說」，或「一切可說的早已灰飛煙滅」，乃至於變成是「訴說其實這麼輕易，因為此刻，或下一刻，詩仍在很遠的地方。」

我們聊了詩的通靈、詩人的出現、甚至是詩的羞恥，我總是很快收到你的信，而我給你寫信，也要一筆寫到完。我在那個滑溜裡無法不擔心，自己是否隱瞞了什麼，你又是否隱瞞了什麼；又或者，在整幢幾乎不人道的無盡歲月裡，我們是否太久以前都學會讓更重要的事，沉在最深最黑的地方，以致於無論我們用哪種方式說話，都嫻熟於令人不安的輕盈？

詩及其所創造的。我有點好笑地想說不定可以是這樣的小標題。

是否真有一種關於永恆幽閉的創造？如果有個很長很長的句子，將時間拓得無限遠，遂消滅空間，由此給出某種**懸止**（aporia）的生存景觀，那能否也作為某種創造？

關於終結……，不，關於把世界拓樸（註二）變換到另外一邊，由此清空，由此消失，的創造？

我很喜歡托瑪斯·特朗斯特羅默（註三）這段敘述，「**我害怕流進瘋狂中……叫我害怕的是那病態的全部力量。就像一部電影、一段令人憂鬱的音樂會完全改變一個平常的公寓的內部。我感覺到病態的全部力量。因此我對外界的看法完全改變了。幾年前我願意當探索家，現在我進入了我不願意造訪的一個陌生的國家。我發現了一種邪惡的力量，或者該說，邪惡的力量發現了我。**」似乎鏗鏘而劇烈，但我卻為了空無底有聲響揭發了如此狂亂、如此旋轉墜落、如此邪惡，儘管仍是很輕很快地，而感到無比寧靜。這才是日常。詩及其所創造的日常。

我感覺，再也不想談深淵與惡魔，因為它們在所有地方。我也不想談甜夢與花，因為它們在所有地方。

詩確實是有肉身的，但詩的肉身真是字嗎？詩是否滲透於我們可觸可知的種種？但它們終究不催生字句，而是低調但決絕地，將任何方式誕生的字，全部拭去？會否其實**空無**（void）並非當然，它事實上是詩的創造？

我喜歡感覺講一個字吞下三個字，講一個句子，看它覆過三個句子。我喜歡要不就永遠不要說話，要不就無論我用力地說了多少，我其實什麼都沒說。世界漠然前行，我的話語是這其間一些輕輕響起又落下的玩笑。我喜歡這些事情不因為絕望，而是因為合理。如果不是這樣，我無法解釋這整個隧道的所有的唯一的景象。

家榮，當你說話，當你寫字，當你寫詩，你都感覺到什麼呢？

以曦，我想起幾年前我辦的那個寫詩會的成員問我的，一個大哉問：「**你為什麼寫詩？**」這種問題在同行之間類似禁忌；大家心知肚明，自己也回答不太出來，所以勿施於人。但那天，我很認真思考，回答了：「我覺得不寫詩，讓我過得不好。」有點可笑的回答，但真誠；對方說，你說得很好，這很重要。

因為我害怕不寫下來，它就不見了。我庸庸碌碌的生命，變得毫無意義。因為一個可以把詩的肉身用文字記錄下來的人，卻不記錄了，導致另一些記錄者和無法記錄者，看不見那專屬於某人的文字肉身。那將是我的過錯：七宗罪之一：懶惰。我也知道這麼說幾乎是無法無天的傲慢，但不這麼傲慢，好像又是不行的。

當我說話，我感覺到話的巧言令色。有些時候，我說得決絕，也許只是當下受那幽閉語境不精準地反射下的情緒反應，甚至稱不上選擇。任何一種表達方式都不能完全表現「**我所是**」（對比於神毫無差錯的自稱：「I AM WHO I AM」）。我感覺到我所是的都不是。

「字」不也是如此嗎？我跟人談他們的詩，有時我說我看不懂，因為線索不夠；我說，有時詩是要把一樣抽象的情緒、物事（不可言說的）變得具象，如果你再把它抽象化，那不就顛倒了它的動機了嗎？是，又不是。我們為什麼寫分行詩呢？或許因為那是一個詭詐的形式，彷彿分了行就確實有什麼存在其中；因為一段話說得太清楚了，我們想要它不要那麼清楚。

說到底，是，我們嫻熟地說謊；但，卻又比他人的告白來得真誠。所以，文字詩的本質（又再一次說到了不可說的本質）是誠實的；因為你的謊都被人看破，你的謊就是為了要讓人看破：所有有意識和無意識的謊，所有的具象與抽象。

你機關算盡，你布置迷宮，不是要將他人困於其中，而是要他們按圖索驥，終於走了出來，破解了你。「**你將不再孤獨**」，這是詩給你的應許。

我們是不是能不說話呢？是不是能不寫一個字呢？儘管如此也不孤獨？我太弱小，我不能，所以我的詩仍有文字的肉身。所以我說話，為了達成目的，為了表達我都不能確知的自己。日常，做一個一天睡十二小時的人，絲毫不覺得浪費似的那樣丟擲時間、賦閒在家，偶爾憂愁著瑣事、怕痛、懼高、擔心變胖卻又提不起勁運動；半夜起來亂看YouTube的恐怖節目，偶爾寫出了詩就能開心幾天，修繕它們又能開心幾天；受盡世俗標準無聲的藐視但也並不那麼痛苦，而精神病竟然神奇地慢慢成為了某些人心中的孔雀尾羽。我受限於這個空間與時間。

「**詩是我在世上的工作**」，如果我能這麼說，就好了。

（短版發表於《文訊》四〇九期，二〇一九年十一月）

註釋

註一——燔祭、素祭、平安祭、贖罪祭和贖愆祭：即根據《舊約》〈利未記〉所規定的五種祭祀，出埃及後，神曉諭摩西，由摩西頒布。五祭的祭儀、祭物處理皆不盡相同。

註二——拓樸：在數學裡，拓樸學（topology），或意譯為位相幾何學，是一門研究拓撲空間的學科，主要研究空間內，在連續變化（如拉伸或彎曲，但不包括撕開或黏合）下維持不變的性質。在拓撲學裡，重要的拓撲性質包括連通性與緊緻性。

註三——托瑪斯．特朗斯特羅默（Tomas Transtromer，一九三一～二〇一五）：瑞典詩人，二〇一一年諾貝爾文學獎得主。其創作圍繞死亡、歷史、記憶和大自然等主題，諾獎得獎評語指陳其作品特色：「透過他那簡練、透通的意象，我們以嶄新的方式體驗現實。」同時具有鋼琴家身分的他，詩作亦極富音樂性。首部作品《詩十七首》（一九五四）裡第一首詩頭一行，即為詩人最有名隱喻之一：「醒來就是從夢中往外跳傘」。特朗斯特羅默一共發表十二部詩集，詩作已經譯成六十多種語言。

延伸閱讀

托瑪斯．特朗斯特羅默《早晨與入口》，萬之譯，香港：牛津大學，二〇一三年。

——，《記憶看見我：托馬斯．特朗斯特羅默的早年回憶》，馬悅然譯，台北：行人，二〇一一年。

——，《巨大的謎語》，馬悅然譯，台北：行人，二〇一一年。

奈波爾（V.S. Naipaul），《抵達之謎》，李三沖譯，台北：大塊文化，二〇〇二年。

柯慈（J. M. Coetzee），《少年時》，鄭明萱譯，台北：時報，二〇〇四年。

「不寫（未寫）」的真正理由

胡家榮

我意外經由這對寫整理出了我的創作觀。本來我對於自己的創作觀並不那麼感興趣，但寫完突然就意義重大：原來我是這麼想、原來我是這麼過來的。我的「不寫（未寫）」正持續發生，而透過我們的對寫，看見了這「不寫（未寫）」的真正理由。

因為這次多是我開頭，我必須系統化我對「詩」此一文類至今為止的全部理解，加入我偏執的個人想像，比如硬要把創作者二分；這其實不可能，二元的世界不在這個領域，但我想嘗試切下去看看。而我相當知道我是在哪一邊。

所以這創作觀最終是有那麼一點價值囉？透過我的「說」和彼方的「讀」，這價值至少在我們兩人身上發生意義。而獲得的「回」（雖然我大多不需要再「回」一次），我則是確認了十次以上，那被彼方的獨特聲音、無心設下的文字障蔽之背後，是住著哪個寫作者？他們兩人是否吻合？最終我是讀進去了，我這麼相信。那是儘管堅石磊磊，你只要命令它們退開它們就退開的。話語的彼方，就在那裡，不動不躲，只會直面你。

胡家榮

台北木柵人。東海大學中文系、國立東華大學創作與英語文學研究所文學創作組畢業。著有詩集《光上黑山》。

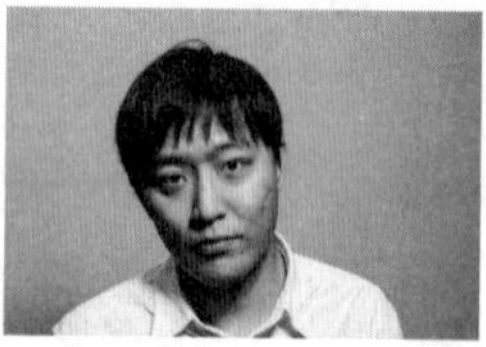

黃以曦

作家，影評人。著有《謎樣場景：自我戲劇的迷宮》、《離席：為什麼看電影》。